AF509724

VENTE

Du Samedi 6 Février 1897

HOTEL DROUOT, SALLE N° 11

A 2 HEURES 1/4

BEAUX BIJOUX

EN

DIAMANTS, PERLES & PIERRES DE COULEUR

ARGENTERIE DE TABLE

OBJETS D'ART, TABLEAUX

ARMES

Mᵉ J. BONNIN	**M. A. BLOCHE**
COMMISSAIRE-PRISEUR	EXPERT PRÈS LA COUR D'APPEL
62, Rue Taitbout, 62	28, Rue de Châteaudun, 28

EXPOSITION PUBLIQUE

Le Vendredi 5 Février 1897

DE 2 HEURES A 6 HURES

IMPRIMERIE ARTISTIQUE

E. MÉNARD & Cie

Bureaux et Ateliers : Paris — 8, Rue Milton

CONDITIONS DE LA VENTE

La vente sera faite *expressément* au comptant.

Les acquéreurs payeront en sus des adjudications *cinq pour cent.*

L'exposition mettant le public à même de se rendre compte de l'état des objets, il ne sera admis aucune réclamation une fois l'adjudication prononcée.

DÉSIGNATION

BIJOUX

1 — Jolie rivière composée de trente-huit brillants.

2 — Paire de boucles d'oreilles composées de deux grosses émeraudes forme poire, surmontée de deux brillants avec calottes en roses.

3 — Parure composée de deux boucles d'oreilles et d'une bague enrichie de trois saphirs et de brillants.

4 — Bague en or enrichie detrois roses anciennes de Hollande.

5 — Bague en or avec émeraude entourée de brillants.

6 — Cassolette avec sa chaîne en or émaillé fond vert, anses formées par des volatiles.

7 — Cassolette en onyx et agate, monture en or gravé, couvercle enrichi d'une topaze brûlée.

8 — Jolie châtelaine en or modèle grillagé sur fond émaillé, avec sa montre enrichie de roses. Style Louis XVI.

9 — Bague en or émaillée fond bleu enrichie de strass. Époque Louis XVI.

10 — Bague en or enrichie de jargons. Époque Louis XVI.

11 — Autre en argent enrichi de jargons.

12 — Bague en or enrichie d'une olivine entourée de strass.

13 — Médaillon en or et strass avec fleurs de lys.

14 — Petite peinture ovale avec cadre en or, enrichie de strass. Époque Louis XVI.

15 — Petite peinture ronde : Offrande à l'amour. Cadre en strass.

16 — Agrafe en argent et strass avec peinture, portrait d'homme.

17 — Parure en topazes rosées. Style Louis XV.

18 — Joli flacon à odeur en ancienne porcelaine de Saxe représentant deux colombes au milieu de fleurs avec inscription : *l'Amitié nous unit.*

19 — Email sur argent à têtes de faunes. Style de la Renaissance.

20 — Collier en argent enrichi d'algues marines et de strass. Époque Louis XVI.

21 — Beau peigne en écaille enrichi de gerbes de fleurs en strass sur fond d'or.

22 - Deux paires de pendants d'oreilles ornées de jargons. Époque Louis XVI.

23 — Jolie bague en or avec gros brillant solitaire monté à griffes.

24 — Rivière de soixante-trois brillants.

35 — Collier de chien de treize rangs de perles fines avec barettes enrichies de brillants et de roses.

26 — Bracelet en or et perles fines.

27 — Bague jonc en or enrichi d'un brillant.

28 — Pièce de monnaie chinoise en argent.

29 — Bague en or avec brillant monté à griffes.

30 — Alliance en or.

31 — Bague en or enrichie de rubis, émeraude, saphirs et roses.

32 — Paire de boucles d'oreilles montées à vis formées chacune d'une perle fine entourée de brillants.

33 — Boîtes à allumettes en or forme poupon emmaillotté.

34 — Bague jonc enrichie d'un rubis du Cap.

35 — Épingle de cravate en or forme fleur de lys.

36 — Bague enrichie d'un brillant.

37 — Bracelet en or orné de roses et d'une perle fine.

38 — Bague en or et roses.

39 — Montre en or avec sa chaînette.

ARGENTERIE

40 — Deux double salières en argent ciselé à têtes de chérubins et guirlandes. Style Louis XVI.

41 — Vingt-huit cuillers à café en argent et vermeil.

42 — Service à salade, à découper, manche à gigot, cuiller à sucre, pince à sucre, trois pièces à hors-d'œuvre, deux pelles à gâteaux et une passoire à thé en argent.

43 — Trente-six couteaux de tables et d'entremets, manches en argent.

44 — Douze cuillers à crème en argent.

45 — Ciseaux à raisin en argent.

46 — Deux beurriers en cristal taillé anses en argent.

47 — Corbeille formée par un plat en ancienne faïence de Delft, décor en bleu au chinois, anse en argent.

48 — Douze couteaux manches en argent.

49 — Vingt-quatre fourchettes en argent.

50 — Quatre cuillers à glace, à compote et à sucre.

DENTELLES

51 — Volant de 12 mètres en point de Chantilly
noir.

52-55 — Plusieurs morceaux en dentelles, point
d'Alençon et autres.

OBJETS D'ART

56 — Buste en marbre : Diane chasseresse,
d'après Houdon.

57 — Petit buste en marbre : Henri IV.

58 — Beau vase grec en terre peinte jaune Basi-
licate, monument funéraire exhaussé sur un

soubassement décoré d'une palmette. Sur les côtés sont figurés quatre personnages qui viennent y déposer des couronnes, des raisins, un coffret, etc. Haut. 0m73. Provient de la collection du comte de Pourtalès.

59 — Groupe en bronze, d'après Clodion : Bacchante et faune.

60 — Paire de vases en marbre brèche rose à bouquets de fleurs et lumières.

61 — Paire de vases Louis XVI en bronze doré à frises et ornements.

62 — Petit buste en bronze : Nymphe, de Falconnet.

63 — Paire de chenêts Louis XVI en bronze.

64 — Paire de bras d'applique en bronze. Style Louis XV.

65 —Groupe en biscuit.

66 — Cheval de course en bronze, de Barye.

67 — Coq en bronze de Arson.

68 — Pendule Ier Empire en bronze doré.

69 — Buste en bronze : La Jeunesse, de Ceribelli.

70 — Garniture composée de deux vases et trois potiches en porcelaine de Chine bleu sur blanc, décor à chimères.

71 — Table carrée plateau écaille formant étagére avec petits plateaux à fleurs et oiseanx.

72 — Beau brûle-parfums en bronze de Tokio, décor japonais, couvercle surmonté d'un personnage avec chimère.

73 — Grande paire de vases en Satzuma, décor à scènes composées de personnages fleurs et oiseaux.

74 — Koro en Satzuma décoré de personnages fleurs et oiseaux, trois pieds, couvercle lion, formant garniture avec la paire de vases ci-dessus.

75 — Vasque en bronze noir de Kanga, décor à fleurs et oiseaux.

76 — Petit meuble en marqueterie à tiroirs et à coulisses, sur un socle.

77 — Paire de grosses potiches en bleu et blanc, décor à dragons.

78 — Aquarium en faïence avec personnages japonais.

79 — Paire de singes en bois sculpté.

80 — Presse-papier : Bœuf en bronze.

81 — Paravent fond cendré avec décor à paon et fleurs, brodé or et soie.

82 — Brûle-parfums en terre rouge de Bocaro décoré de dragons fond or en relief.

83 — Paire de vases anciens en bronze cloisonné.

84 — Paire de socles, en bois de fer, rectangulaires, dessus en marbre blanc.

85 — Deux jardinières en porcelaine du Japon bleu et blanc décorées de fleurs et branchages.

86 — Paire de grandes lampes en bronze du

Japon, pieds à têtes de chimères, formant colonnes avec boudhas ciselés en reliefs bec Dupleix.

87 — Ivoire : Artisan japonais.

88 — Ivoire : Femme japonaise.

89 — Quatre statuettes anciennes en ivoire et bois sculpté, représentant des mendiants

90 — Cinq assiettes de Delft.

91 — Neuf soucoupes en porcelaine et faïence.

92 — Deux carafes et un verre en cristal taillé. Époque de la Restauration.

93 — Statuette ancienne en ivoire sculpté rehaussé d'or : La Vierge.

94 — Fusil de chasse calibre 16, hamerless, de Falard, avec ses accessoires.

95 — Carabine Winchester à répétition.

96 — Paire de pistolets de tir de Galard.

97 — Appareil de photographie 13/18 avec pied.

98 — Pendule de voyage. .

99 — Revolver.

100 — Petit meuble de style gothique.

TABLEAUX

AQUARELLES, GRAVURES

101 — BERGHEM. *Pâtre et troupeau.*

102 — BIARD. *Dans les glaciers au pôle Nord.* Beau et important tableau.

103 — CASTIGLIONE (B.). *L'Amazone.* Dessus de porte, cadre bois sculpté.

104 — LE DOMINICAIN (École de). *L'Ange et Tobie.*

105 — LE DOMINICAIN (École de). *Allégorie du Temps enlevant la Vérité.*

106 — DOW (GÉRARD) [Genre de]. *Saint en prières.*

107 — FERRAI (J.-B.). *Femmes au bord d'un lac.*

108 — FRAGONARD (Th.). *La Meeque des Amoureux.* Suite de quatre jolies compositions. Signées.

109 — HESSE (D'après). *Portrait d'homme avec perruque.* Lithographie de Delpech.

110 — JANET. *Portrait de Monsieur, frère du Roi.* Gravure.

111 — LEMERCIER (D'après). *Portrait du vicaire Desjardins.* Gravure.

112 — LORRAIN (Claude) [Attribué à]. *Paysage avec ruine.* Cadre bois sculpté.

113 — L. (Hy.). *Verre avec roses.*

114 — MARIO DI FIORI. *Fruits et fleurs.*

115 — MAURIR. *Portrait de Marie-Thérèse.* Gravure.

116 — MOLLE. *Paysage.*

117 -- OLIVRI. *La lecture au malade.* Sépia.

118 — ORISONTI. *Paysage.*

119 — POUSSIN (Gaspard) ⸢Attribué à⸥. *Paysage avec personnages.* Panneau rond. Cadre bois sculpté.

120 — RAPHAEL (D'après). *Femme écrivant.* Dessin aux trois crayons.

121 — RIGAUD (D'après). *Portrait de cardinal.*

122 — RUBENS (D'après). *Henri IV et Gabrielle d'Estrées.* Dessin à la plume.

123 — RUBENS (École de). *Vieillard tenant un poignard.*

124 — RUYSDAEL (Attribué à). *Paysage avec torrent animé de personnages.*

125 — VANDER RABEL. *Biche et cerf au bord de l'eau.*

126 — VERNET (Att. à Horace). *Marine.* Petit panneau rond.

127 — WOUVERMANS (Attribué à). *Cheval blanc attaché à un poteau.*

128 — ÉCOLE ALLEMANDE. *Portrait d'homme tenant un livre.*

129 — ÉCOLE ALLEMANDE. *Personnage tenant une cage.*

130 — ÉCOLE ANGLAISE. *La partie de billard.* Intéressant tableau avec l'inscription : en présence du roi Georges, Pitt et Fox jouent la paix ou la guerre, deux cokneys regardent.

131 — ÉCOLE ESPAGNOLE. *Portrait d'homme.*

132 — ÉCOLE FLAMANDE. *Les joueurs de cartes.*

133 — ÉCOLE FLAMANDE. *Portrait d'homme à collerette.*

134 — ÉCOLE FRANÇAISE. *Portrait de Préville, de la Comédie-Française.*

135 — ÉCOLE FRANÇAISE. *Portrait de monarque.*

136 — ÉCOLE FRANÇAISE. *Portrait d'homme.* Petite peinture sur ardoise.

137 — ÉCOLE FRANÇAISE. *Portrait de femme.* Pastel.

138 —ÉCOLE FRANÇAISE. *Portrait équestre de Louis XIV.*

139 — ÉCOLE FRANÇAISE. *Renaud dans les jardins d'Armide.*

140 — ÉCOLE FRANÇAISE. *Portraits du Cardinal Mazarin et du Cardinal Richelieu.* Deux pendants.

141 — ÉCOLE FRANÇAISE. *La leçon de lecture.*

142 — ÉCOLE FRANÇAISE. *Nymphe et Amour.*

143 — ÉCOLE ITALIENNE. *Paysage d'Italie avec personnages.*
— *Berger gardant son troupeau.*

144 — ÉCOLE ITALIENNE. *Judith tenant la tête d'Holopherme.* Beau tableau.

145 — ÉCOLE ITALIENNE. *Pont au-dessus d'un torrent.*

146 — GRAVURE : *La Reine Marie-Amélie de France.*

147 — *Chiens de chasse.* Estampe en couleurs.

148 — Tableau en tapisserie au point et au petit point. *Jésus faisant l'aumône.*

149 — Objets omis.

www.ingramcontent.com/pod-product-compliance
Lightning Source LLC
LaVergne TN
LVHW011455170726
843501LV00009B/3431